三江源丛书

# 云上澜沧江

葛建中　著

青海人民出版社

图书在版编目（CIP）数据

云上澜沧江 / 葛建中著 . -- 西宁 : 青海人民出版社 , 2023.3
（三江源丛书）
ISBN 978-7-225-06449-9

Ⅰ . ①云… Ⅱ . ①葛… Ⅲ . ①散文集－中国－当代
Ⅳ . ① I267

中国版本图书馆 CIP 数据核字 (2022) 第 258419 号

三江源丛书

云上澜沧江

葛建中 著

出 版 人 樊原成
出版发行 青海人民出版社有限责任公司
西宁市五四西路 71 号 邮政编码：810023 电话：（0971）6143426（总编室）
发行热线 （0971）6143516 / 6137730
网 址 http://www.qhrmcbs.com
印 刷 深圳市国际彩印有限公司
经 销 新华书店
开 本 787 mm × 1092 mm 1/32
印 张 5
字 数 100 千
版 次 2023 年 3 月第 1 版 2023 年 3 月第 1 次印刷
书 号 ISBN 978-7-225-06449-9
定 价 38.00 元

# 序言

万仞雪山之间发源的澜沧江源头，对于我来说遥远得如同一个梦幻中的仙境。而因为遥远，更加让我向往！

小的时候，我就生活在玉树州驻西宁办事处的大院里，直到进入大学。我从小就听到过各色人等对玉树的解说，解说者有州上的官员，有办事处的工作人员及他们的家属儿女，也有从州上来西宁出差入住办事处的人们，当然，也包括我的父母。在西宁市玉井巷原41号的那个院子里，西宁与玉树之间来来往往的人们络绎不绝，给驻西宁办事处的人们带来了许多玉树及去玉树州路上的各种信息。那些信息包括玉树州哪个地方修了座水电站、哪个人擦枪走火伤人了、什么地方又遭受了雪灾、哪个山口塌方或大雪封山了，还有许多是对玉树州自然环境和人文习俗的介绍：玉树有野牦牛、棕熊、水獭、雪鸡、雪豹、金钱豹、白唇鹿，虫草是杂多县的最好……就是在这样的环境里，我对玉树的神往之情不由自主地产生了，并莫名地有了一种自豪感。

江河之水源源不尽，我的神往之情也在慢慢积累。1984 年夏天，我独自一人去了玉树，似乎想寻找什么，但又说不清楚，只是告诉父母，想去走一下他们曾经走过的路，看一看他们曾经工作过的地方。回来后，写了几首诗，后经师兄杨志军编选，竟然在《青海日报》文学副刊“江河源”上发表了。我想，是玉树，赐予了我第一行诗句、第一首诗歌。

工作以后，去玉树的机会多了，到过玉树的地方也多了，随着对这片康巴高原了解的不断加深，对它的感情也在不断深入。在某种意义上，我把玉树视为我的另一个故乡——一个心灵中的故乡。

十多年前，在玉树的民航航线还未开通时，我曾在军用飞机上，从空中俯瞰了江源山河的奇丽与壮阔，并拍摄了澜沧江从杂多县流经囊谦县的照片。前几年，我又先后几次来到了杂多和囊谦，领略了澜沧江源头的风光和人文，感受到了江源儿女为保护自然生态做出的努力。

澜沧江源头挺拔秀美的山峰，清澈奔流的河水，悠扬高亢的山歌，丰富自在的民族文化，悠然自得的飞禽走兽，让人不由感叹这里是当今少有污染的一片净地。

澜沧江—湄公河，这条国际河流的源头始终扑朔迷离。从古至今，它让中外许多科学家、旅行家费尽思量，难觅其源头，如同源头地区的雪豹，充满了神秘感和诱惑性。100 年前，英国植物学家、探险家和作家弗兰克·金顿·沃德在他的著作《神秘的滇藏河流》(1933 年中文版首次出版时译为《西康之神秘水道记》) 中，谈到澜沧江的源头时指出："其本源尚无人考察过，但它发源于唐古拉山，位置大约是北纬 32°，东经 93° ……湄公河的长度无法获得比长江更为精确的说明。"

也许神秘也是地球保持独立和健康的奥秘。澜沧江—湄公河的源头地区，在并不太遥远的过去，如雾如纱，让外界的人们无法看清，在云彩之上，维护着自己最初的原始和本真！如今，对其心向往之的人们越来越多，这片地球上海拔高峻的江源地区的密码，正在被人们发现和解读。

# 目录

contents

# 引子

在青藏高原的唐古拉山和昆仑山之间，一条大江孕育、脱胎，涓涓细流从冰川冻土、高山泉眼间涌出、流淌，漫过草甸、穿过漠野，沿途又挽起众多河流的手臂，一路向南，在流经青海、西藏、云南后，跨越中国国境，然后在穿越老挝、缅甸、泰国、柬埔寨、越南险峻的高山丘陵和富饶的平原水乡后，最终在越南的胡志明市汇入宽广壮阔的南海，这条贯通六个国家的大江就是著名的国际性河流澜沧江—湄公河。

澜沧江—湄公河全长4909千米，是东南亚第一长河、亚洲第五长河、世界第九长河，总流域面积81.1万平方公里，是亚洲流经国家最多的河流，被称为“东方多瑙河”。澜沧江—湄公河沿途流域养育了 20 多个民族、7000 多万人口，它所流经的地域润泽了万物生灵，浇灌出了绚烂多姿的人类文明之花。

# 一 众水的故乡 〇

苍茫广袤的三江源是世界上发育大江大河最多的地区，这里是长江、黄河、澜沧江的摇篮，是青藏高原生物多样性、物种多样性、基因多样性、遗传多样性最为集中的地区，是亚洲、北半球乃至全球气候变化的敏感区和重要启动区，是全球生态系统的调节器和稳定器，也是我国淡水资源重要的补给地，被联合国教科文组织誉为世界四大超净区之一。孕育、发源了澜沧江的杂多县是三江源国家公园的核心地区，也是一个长期以来未引起人们充分关注的县域地区。

澜沧江发源于青海省玉树藏族自治州杂多县扎青乡，其正源扎曲，又名“杂曲”，藏语意为“从碎石山岩中流出的河”，古

澜沧江　李晓南 摄

名“兰苍水”。昂曲是澜沧江源头地区最大的支流，它发源于唐古拉山北麓杂多县结多乡的瓦尔公冰川。向南流入西藏巴青县成为松曲，然后又东流进入青海省境成为解曲，转而流向东南进入囊谦县吉曲乡后流入西藏境内，改称昂曲。扎曲从源头向东南流经杂多和囊谦两个县后，流进西藏自治区，在昌都市，与同样从玉树流出的北侧支流昂曲汇合，从这里开始，才被人们称为澜沧江。这条不同凡响的大江在中国走完 2161 公里长路，从云南省西双版纳傣族自治州勐腊县的南腊河口出境后，被中南半岛五个国家的人们称为湄公河 (Mekong River)，因是众水汇聚之河，在东南亚被称为“众水之母”，也就是“母亲河”的意思。

澜沧江在青海境内称扎曲，流域面积占全省总面积的 5.2%，主干流长 450 公里，众多大小支流有 400 多条，延伸至玉树市，青海与西藏的共界河长约 4.5 公里，省界处河道海拔 3516 米。澜沧江总水量的 15% 来自源头地区。在这一地区，大小河流密如蛛网，高山雪峰重峦叠嶂，沼泽湿地散落四野，自然地质地貌景观壮美奇特，河谷森林保持着原生态风貌。

《青海省志·长江黄河澜沧江源志》这样介绍澜沧江源区的地貌：澜沧江源区山岭分布整体呈羽状，地势由扎曲河源与当曲、莫曲风水岭向东侧逐渐降低。唐古拉山脉之北的次级山岭扎那日根山是长江水系与澜沧江水系的分水岭，最高峰色的日海拔5876米，山上终年为积雪和冰川。江源区群山耸立，巍峨高峻。多数山峰孤立分布，山顶、山脚高差达300—500米。山下则为河流和草原。据1:10万地形图统计，江源区海拔5800米以上的山峰7座，均有标高。平均7.18平方公里就有一座海拔5000米以上的山峰，这是青藏高原独有的高山地貌。同时介绍了澜沧江源头的区域和地理坐标："杂多县城以上流域称为江源地区，位于东经93° 51′ ~95° 18′ ,北纬32° 42′ ~33° 50′ 之间。含杂多县的莫云、旦荣、阿多、扎青乡的部分辖地以及县城萨呼腾，总面积1.05万平方公里。"这跟弗兰克·金顿·沃德所说的地理位置大致相同。

据史料记载，杂多县古为雍州荒蛮之地；秦汉时为西羌塞外地；魏晋南北朝时期为苏毗女国辖地；唐贞观年间，属吐蕃孙波如辖地；宋朝时，属囊谦小邦；元朝属吐蕃等路宣慰使司都元帅府管辖；明末清初，属青海和硕特蒙古政权管辖范围；清雍正三年（1725年）后，受“钦差总理青海蒙古番子事务大臣”衙门（通称“青海办事大臣”或“西宁办事大臣”）管理；雍正十年（1732年）划定藏族诸部落驻牧界址，江源区属格吉、中坝等百户部落牧地；1912年后，先后归中华民国青海办事长官、西宁镇总兵、蒙番宣慰使和甘边宁海镇守使节制；1917年隶玉树理事；1929年改属玉树县，隶新建青海省；1933年隶新设立的囊谦县；1939年，江源区所在的囊谦县隶玉树地区设立的青海省第一区行政督查专员公署，直至1949年9月玉树和平解放。

杂多县位于青藏高原腹地的青海省西南地区，玉树藏族自治州西南部，东和东南与玉树、囊谦两县毗邻；西靠唐古拉山地区，南和西南与西藏自治区（其中南以唐古拉山山脊为天然分界线）的丁青、巴青、索县、聂荣、安多等县毗邻，北靠治多县。东西长315公里，南北宽190公里，总面积36245.17平方公里，总人口7.23万人，藏族人口占总人口的98%。

杂多县是长江和澜沧江两大河流的摇篮，分布着澜沧江和长江两大水系，通天河一级支流当曲（长江南源）、澜沧江的正源扎曲均发源于这片神奇的土地。这里水系发达，水资源丰富，有大小河流 100 多条，湖泊 30 多个，通天河（金沙江）的另一条支流莫曲也源于此地。在我们这个星球上，还没有哪个地方像杂多一样，同一个地方发源两条世界级的大江河，更有意味的是，杂多县的名字“杂多”藏语意思就是扎曲（澜沧江）的源头。

澜沧江水系与长江水系的分水岭是唐古拉山脉以北的次级山岭扎那日根山，其最高峰色的日海拔 5876 米，山上覆盖着冰川和终年积雪。色的日冰川面积 17.05 平方公里，是多条小支流的补给水源。澜沧江源区平均 7.18 平方公里就有一座海拔 5000 米以上的山峰，这样高的山峰共有 1462 座。杂多县的地势由扎曲河源与当曲、莫曲分水岭向西侧逐渐降低。西部位于昆仑山、唐古拉山腹地，两山中间有大片的莫云滩、旦荣滩和查用滩三个高原盆地。全县海拔大都在 4300—4800 米之间，最低海拔 3900 米，位于昂赛乡的最高山峰莫格拉泽海拔 6512 米。平均海拔 4290 米，拥有青藏高原独有的高山地貌。从整体地理环境看，县域内西部地区地形坦荡，山体低矮平缓；东部地区高山对峙，峡谷深切。

随着 2015 年三江源国家公园体制试点的建立，全社会都将目光投向了这里，作为中国最大的国家公园，三江源国家公园建设经过了加速期，并于 2021 年正式设立。

杂多县城位于扎曲（澜沧江）北岸，县府所在地是萨呼腾镇，澜沧江支流扎曲穿城而过，有著名的喇嘛闹拉神山和托吉天然温泉。由于澜沧江源头地区远离人口集中的城镇，所以建政之后，杂多县城是离州府和省会西宁最远的一个县城，离州府结古镇 223 公里，距省会西宁市 1084 公里。

杂多县深居内陆地区，地处青藏高原中部，具典型的高原半干旱草原性气候特征，寒冷、少雨，无明显的四季之分，只有冷、暖两季，日温差变化大，无绝对无霜期，冷季长达 8—9 个月，暖季只有 3—4 个月。年平均气温 0.18℃，年日照数 2575.9 小时，年均降水量 548.5 毫米。

澜沧江源区自然环境恶劣，极端气象灾害频发，其中危害最为严重的自然灾害当属雪灾。清代西宁办事大臣文孚在其所著《青海事宜节略》(青海人民出版社，2020年7月第1版)中记载：“七月，慧龄奏：查明被雪压毙格尔吉等族番人户数目。奉旨：其应交银两着分别宽免。”这里所说的事件，是乾隆四十年(1775年)格尔吉部落因遭受雪灾，有人被雪压死。1983年10月发生的一次雪灾，造成阿多乡60%的牦牛死亡；1985年冬季发生的雪灾，让源头地区牧民的各类牲畜损失了30%—54%。由此可见，这里的雪灾多么可怕。

或许正是因为距离遥远，交通不便，加上天气条件严酷，自然环境险恶，以前，能够到达澜沧江源区的狩猎者少之又少，这为野生动物提供了一个天然的生存屏障，当地信仰佛教的民众中很少有人猎杀动物，这里就成了众多野生动物优良的自然栖息地。

澜沧江源区广泛分布着丰富的动植物资源，繁衍生息着雪豹、金钱豹、藏羚羊、野牦牛、藏野驴、盘羊、黄羊、岩羊、白唇鹿、马鹿、麝、棕熊、狼、雕、鹫、藏马鸡、雪鸡等数十种野生动物和15种鸟类。有10种鱼类分布在星罗棋布的湖泊和纵横交错的河流中。在植物当中，被列入《青藏高原药物图鉴》的就有冬虫夏草、藏茵陈、红景天、大黄、知母、贝母、龙胆、雪莲、小檗、秦艽、人参果、蘑菇等多种名贵药材和上等土特产，尤其以冬虫夏草独特的品位享誉国内外，具有广阔的开发前景。众多冰川与河流以及丰沛的降水使得这里的水资源十分丰富，而且水质优良、没有污染，按江源区人口计算，人均地表水资源量约 21.2 万立方米，约为全国人均水资源量的 70 倍。

我们仅从杂多县各乡镇地名的意思上就能感受到，这里的自然环境都跟山山水水、生灵生态紧密相连，是一个充满灵性的自然生境。

杂多县县城所在地萨呼腾，藏语意为“野禽洞滩”，这是由建县之前，周围有很多鸭子、雪鸡和马鸡栖居的石洞而得名的。萨呼腾又名“玉于日本”，这是因为当初选址处，有一块青草覆盖着的台坡，类似一块儿绿松石，藏语“玉于日”是绿松石之意，“本”的意思是“草坡”，因此取名玉于日本。

结多乡位于澜沧江流域扎曲一级支流结曲河上游，“结多”是藏语音译，意思是“结曲河上游”。境内主要河流为

红景天　文德 摄

苞叶雪莲　才让当周 摄

白唇鹿　瓦须耿妮 摄

结曲及其支流桑曲、松曲、木曲、罗涌、优涌赛塘涌等。

阿多乡地处长江南源以东阿曲河、扎曲河上游一带，是扎曲河支流阿曲河的发源地，“阿多”意思是“阿曲河上游”。主要河流有阿曲河及其支流库空曲河。

扎青乡以高峰大山林立而得名，“扎青”的意思是“高峰大山”。境内主要山峰有然哲尕哇切吉、昂东赛、农赛、昂南赛，海拔均在 5500 米以上。河流有扎曲支流布当曲、托吉涌曲等。

苏鲁乡境内有结曲河、巴那曲河、羊木曲河、山木曲河等多条河流，“苏鲁”是部落名称。苏鲁乡是虫草的主产区之一，因所产虫草体大质优，被誉为“虫草之乡”。

昂赛乡位于澜沧江上游扎曲河流域的峡谷地带，是中国雪豹分布密度最大的地方,素有“中国雪豹之乡”的美誉。

查旦乡境内河流纵横，当曲及其支流庭曲、巴查措乌、纽曲、查吾曲穿境流过，境内湖泊众多，有内让措改、鄂措纳玛。藏语“查旦”专指查涌滩、旦荣滩两大西部高原盆地。

莫云乡境内河流有扎那曲、娘扎赛里涌曲。“莫云”

澜沧江支脉　文德 摄

虫草之乡苏鲁　功霸·扎西达杰 摄

藏语意为“绿油油的大滩”，民间有“莫云之地是野牦牛故居”的说法。

在澜沧江源头区域的杂多和囊谦两个县，有苏鲁乡的巴那山野生动物保护区，昂赛乡的原始森林灌丛保护区，莫云乡和扎青乡交界的措查龙野生动物保护区，查旦乡境内的查旦野生动物保护区、当曲湿地核心保护区；另有果宗木查保护分区、昂赛保护分区、白扎保护分区。

这是一片生灵脉动的高原，是一片山水文化源远流长的大地，是一块长久未被人们识别的隐秘之境。

听多了人们的描述，看多了文字和图片上的介绍，我的内心深处始终埋藏着一个梦想：有朝一日一定要到杂多县去走一走！这个梦想的缘起不仅是杂多县有“澜沧江源第一县、长江南源第一县、中国冬虫夏草第一县、中国雪豹之乡、《格萨尔》说唱艺术之乡、中国藏族山歌之乡、雪域牦牛文化发祥地”等诸多美誉，还因为在六十多年前那个交通极为不便的年代，在玉树工作的父亲已经走遍了包括澜沧江上游地区在内的玉树大地，多年来，我不断在父亲足迹所至的三江源地区漫游。

在过去的几年里，我到位于中南半岛的老挝、缅甸、泰国游走过一番，在朗勃拉邦骑着大象走向湄公河的时候，在万象的沿河夜市畅饮老挝啤酒的时候，在泰国望着宽阔的河流轻柔地穿过热带雨林的河谷地带向下游流淌的时候，我感到一种异常的亲切感。面对这种迥异于玉树高原的热带风景，我陷入了深深的联想：古代的傣族人，将澜沧江从西双版纳及至老挝境内流域的一部分称为“南兰章”，意思为“百万大象”，可以想象得出，这一流域在很早以前就是亚洲象的故乡，当时的景象一定是成群的野象在森林茂密的河岸边游来荡去，原住民和野象相互依存又相互对立，这种聪慧而巨大的动物和人们的关系十分紧密，以至于成了当地人精神生活中的图腾。但除了亚洲象，长臂猿、孟加拉虎、孔雀等也是这一地区的特有动物。同样，在这条大江河的源头地区，也生息繁衍着雪豹、金钱豹、野牦牛、胡兀鹫、棕熊、猞猁、藏狐、雪鸡、狼、麝等多种高原特有的野生动物。可以说，这条流经六个国家的国际性河流，从源头至源尾，都养育了众多珍贵而独特的野生动物，这些伟大的野生动物也为这条奔腾的大河增添了无穷魅力，

藏羚羊　文德 摄

赋予河流以野性之美和生命的力量，使之成了一条真正的野性之河、生命之河。

也有人说，澜沧江是藏语“拉楚”，意思是“獐子河”。澜沧江南源有一座山，源头地区的藏族牧民称之为龙山，在他们的心目中，那里就是龙的出生地，他们始终认为，澜沧江就是一条长长的巨龙。而在即将走入太平洋的地方，湄公河分别从九个河口入海，犹如九条龙扑向大海，当地人又把湄公河改称为“九龙江”。13世纪中叶，法昂统一老挝并建立了澜沧王国，定都朗勃拉邦……从这些传说故事和历史、地理的演变中，我们可以看出，这条大江河在流经不同区域的时候，就被当地人冠以不同的动物名字，甚至一个王国的名字也被当作图腾般的动物名字命名了。而且，在相距遥远的源头地区和入海口，不同民族的民众对自然和河流的认知有着惊人的相似。坐在亚洲象的背上，看着来自遥远的玉树高原的湄公河水从眼前流过，我的心中又一次升腾起了一定要去澜沧江源头的强烈愿望！

## 二 澜沧江探源 ○

期待中的机缘终于来了。2019年8月初的一个下午，我的手机响了，是《三江源生态》杂志主编唐涓女士打来的，她问我愿不愿意参加三江源生态保护基金会组织的“饮水思源，探秘三江源”活动，活动结束后为她主编的《三江源生态》杂志写一篇文章。对于这突然到来的邀请，我当然十分乐意地接受了，并提出希望参加澜沧江源队。

三江源生态保护基金会是一个慈善公益组织，致力于支持三江源生态环境保护，助力生态文明建设，推动经济社会和谐发展。此次由三江源生态保护基金会发起开展的“饮水思源·探秘三江源”活动，是探索三江源生态保护的一项公益募资活动，旨在积极践行生态文明理念，探索全社会参与三江源生态保护新途径，拓宽社会化资金募集新渠道，以保护好“中华水塔”，确保“一江清水向东流”。活动以三江源溯源探源、感受大美三江源、体验三江源生态人文为主要内容，邀请知名企业家、专家学者、爱心人士以实地踏勘的形式，观测野生动植物，体验人文地理，感受民俗文化，亲自感受三江源生态保护与建设工程实施以来的建设成果，从直观到感官、从过去到现在，立体地触碰三江源这一方广袤土地，体验三江源头的人文地理、传统文化和生态保护状况，从而认识、了解、关心三江源，探究人与自然和谐相处的关系，向世界展示三江源地区的传统文化、水资源及自然生态，向世人展示大美青海，以吸引凝聚各方力量共同保护三江源。通过“饮水思源”活动，三江源生态保护基金会向社会各界发出邀请，建立全社会共同参与三江源生态保护公益联盟，助力青海生态文明建设，推动经济社会和谐发展，携手社会各界有识之士，倾力守护人类共同的家园。

许多人踏上玉树这片让人难以忘怀的土地，都带着好奇、惊喜和疑问：澜沧江的源头在哪里呢？其实，有这种

三江源国家公园澜沧江源园区　张有才 摄

三江源图景　葛建中 摄

疑问的人何止是我，人类在漫长的历史中，从来就没有停止过对自然的探求和发现，对于我们这个星球上大江大河的源头，人类的好奇心和想象力就从来没有停止过。从古至今，人们一直在试图找到澜沧江的源头。

由于澜沧江源头地区地形复杂、环境恶劣，长期以来，对这样一条重要的国际性河流的源头确定成了国际地理学界的难题。相对于黄河、长江而言，对澜沧江源头的探寻显现出了缺失与落伍。

在我国古代，也有人试图探寻澜沧江源头，但都未能成功抵达这一区域，也就未能留下准确可靠的考察记录。直到甘肃天水学者周希武与洮阳人牛载坤一起，于民国三年（1914 年）“逾积石，绝河源，渡昆仑山，涉金沙江”，对玉树地区进行了较长时间的考察。其间，牛载坤“冲寒冒险”，遍历澜沧江及通天河中下游一带进行测量，制成我国第一张用新法绘制的玉树地区简图。而周希武“访问长老，参考图志”，深入考察玉树地区山川风俗，形势要隘，疾苦利病，参阅旧时档案，以类排比，写出了《玉树调查记》一书，较为详细地记载了澜沧江源头及玉树地区的水流情况，为后人留下了极为珍贵的资料。

在对澜沧江源头的考察中，《玉树调查记》有这样的记载：

澜沧江上流有二源：北曰杂曲河，南曰邪穆曲河。

杂曲河发源格吉西北境果瓦那[拉]沙拉山麓，有南北二源：南源曰杂那云，北源曰杂朵云。二水东流，至扎西拉贺寺之西相合，名杂尕拉松多。番人谓两水交曰松多。杂尕拉水东南流，至阿杂松多，阿云水自西南来入之，阿云水出中坝当拉岭之东麓，二源并发合流，东北注至阿苏松多，苏旺云水自西来入之；阿云水又东北流，至阿杂松多与杂尕拉水相会，是为杂曲河。

今天，在对澜沧江源头的许多科学考察活动中，科学家们依然要依靠周希武当年的记载进行对比，结果发现，周希武当年的记载是比较准确的。在那个交通不便、条件简陋、技术落后的年代，实在难以想象作者克服了多大的困难，遇到过怎样的危险，经过如何的艰辛，才能在扎实的田野调查的基础上，写出了这部对玉树具有重要价值的史地专著。

中华人民共和国成立后直至今天，曾经有过多次对澜沧江源地区的考察，现在，有关源头的说法有 9 种之多。现实的情况是，澜沧江源区支流众多、高山环绕、气候复杂、道路不畅，这在世界各条江河的源头处实属罕见。

19 世纪 60 年代，有几位法国人从炎热的越南沼泽地带出发，试图探查湄公河的源头，他们长途跋涉 4000 多公里，来到了寒冷缺氧的中国西部地区。由于当时没有关于这条大河的资料和地图，面对无数沼泽和雪山的阻隔，加上技术装备有限，他们也就无从找到澜沧江的源头，无法准确测量这条国际长河的长度，最后无功而返。

俄国地理学会组织的科兹洛夫考察队开始于 1899 年 7 月 14 日，于 1901 年 12 月 9 日结束，在此期间，他们来到了鄂陵湖和扎陵湖以南地区，从黄河源到达了通天河流域，并对澜沧江上游的部分支流进行了测量。科兹洛夫在《来自考察队的消息》一文中作出了如下结论："当地的唐古特人称湄公河的主要支流为扎曲。该河的发源地大概比地图上标识的要远得多……还发现了另外一个关于怒江的地图制图严重的错误。该河被标示为萨尔温江的上游，然

澜沧江黑白源头　白玛次成 摄

鄂陵湖　张有才 摄

澜沧江流域　张有才 摄

而实际上该河叫吉曲，是湄公河上游主要支流之一。”(《中央亚细亚地图是怎样产生的》〔苏〕H.M. 休金娜著，姬增禄、阎菊玲译，新疆人民出版社，2012 年 7 月第 1 版）

1987 年 4 月 15 日，时年 31 岁的玉树藏族干部尕玛图嘎离开玉树藏族自治州州府结古镇，独自一人走向澜沧江源地区，开始了对澜沧江流域的徒步考察。在这次考察中，他对沿途的自然风光、民俗风土、文化古迹等进行了调查。4 月 27 日，他从源头地区的扎曲顺河而下，于 7 月 6 日到达昂曲汇口附近的西藏昌都镇。到 11 月，他走完了澜沧江在中国境内的全程，行程总计 3000 公里，撰写了 10 多万字的考察记录，拍摄了反映澜沧江沿岸地理风貌、名胜古迹、民俗风情等内容的 3000 多张照片；1988 年玉树赛马会期间，举办了具有民族风格的帐房摄影展《尕玛图嘎澜沧江考察摄影展》，展出了精选后的 100 幅照片，为他的澜沧江徒步考察画上了圆满的句号。他的这次考察，得到了玉树州政府、青海省有关部门以及《民族画报》社、中央民族学院的大力支持，使他成为玉树州较早研究康巴地区历史文化、民族民间文化的研究者之一。

1988年冬天，他的澜沧江考察刚刚结束，我们在西宁不期而遇，他给我讲了许多考察过程中的新奇故事，并在酒精的作用下唱了几首藏族民歌，为此我写了一篇散文《我为谁唱一支歌》。汤惠生教授在他的《经历原始——青海游牧地区文物调查随笔》一书中，写到了他1997年到玉树进行宗教文物调查时，与时任玉树州文管所所长尕玛图嘎一起前往囊谦县子曲河畔的尕丁寺沿途中的故事，汤惠生教授对尕玛图嘎进行了一番生动的描述，一位博学、机智、聪慧、幽默的藏族中年学者的形象跃然纸上。2021年，我在玉树期间，通过朋友打听尕玛图嘎的消息，我想找到他，想再仔细询问一下他那次考察澜沧江的具体情况，得到的却是他已去世的消息。

1994年9月，法国探险家米歇尔·佩塞尔（Michel Peissel）来到杂多县，对澜沧江源头进行了考察，最终他们确定了湄公河发源地的精确位置在莫云乡扎曲南支扎那曲的支流扎加曲的源头处，海拔4975米的鲁布萨山口。后来，米歇尔·佩塞尔在他的专著《最后一片荒蛮之地：湄公河源头的发现》中详细披露了他的发现经过，并在英

尕丁寺　张有才 摄

国皇家地理学会和英国报纸上作了发布。但他的结论遭到了中国同行的否认。

就在同一年，中国科学院副研究员周长进等人在澜沧江上游的扎阿曲和扎那曲这两个主要水系的汇合处进行水量测量，并和米歇尔·佩塞尔相遇。经过流量和长度对比，周长进认定，澜沧江的源头应当在北源，即扎青乡扎曲北支扎阿曲的果宗木查山中的拉赛贡玛源头。但是这个结论又遭到了中科院科学家、遥感应用研究所刘少创博士的质疑。他经过考察后认为，澜沧江的源头是在扎曲北支，是在与果宗木查遥望距离仅 6 公里的吉富山支流——谷涌。

1999 年 6—7 月，两支澜沧江源头科考队几乎同时到达了杂多县，对澜沧江源头进行实地考察。一支是由中国科学探险协会组织的澜沧江源头科考队，主要技术人员包括来自中科院地理科学与资源研究所的科学家周长进。另一支来自中科院遥感应用研究所的科学家刘少创博士。

拉赛贡玛源头与吉富山源头仅一山之隔，两个源头汇合处名叫野永松多（在藏语中，“松多”是三岔口的意思，野永松多意为左右汇合处）。

从这以后，两位科学家给人们留下了两个不同的关于澜沧江源头的答案。

刘少创博士认为：“关于江河正源，学术界、河流主管部门、不同的国家政府部门，基于不同立场，往往都有各自的理由和观点，这是客观存在的，也很能让人理解……自己是自然科学工作者，查清大河源头区的数据是最重要的，哪个是正源让别人去切磋好了，他只管找出河长数据，找出在当下哪个长度最长。”（税晓洁：《澜沧寻源——那是一方魔幻世界》，《中国国家地理·三江源国家公园特辑》，2016 增刊）

2012 年和 2014 年，长江科学院两次到澜沧江源区考察，第一次到达了扎曲的囊谦和杂多，第二次到达了扎曲的杂多、扎那曲的莫云段和扎阿曲与扎那曲交汇处尔朶纳松多等地，进行了水量水质和水生态的测量和采样。

当我大量阅读关于澜沧江源头考察的文献资料后，梳理出了近现代人们对澜沧江源头考察与发现的大致脉络，正如许多人所说，这条国际性河流的源头百年之内才引起人们的关注，并有了为数不多的记录。相较于对黄河、长江源头的探寻与发现、测量和记录，对澜沧江源头的探寻资料阙如，很大的原因在于澜沧江源头地区高山林立、河流纵横、沼泽遍野、地形复杂、道路不便，以至于至今没有一个考察队完整地走完澜沧江源区的主要源头。这里的河流如同蛛网，盘根错节，河道如发丝般纷纷扬扬，让进入这个地区的寻源者如入迷宫，而想要找寻到澜沧江真正的源头，是一个几乎难以实现的目标。

一位参加过长江源、澜沧江源、黄河源区考察的学者在其著作中这样写道："由于澜沧江源区水系的复杂性和园区自然条件的限制，每一次科学考察都会有新的发现和新的认识，即使是中国科学院地理所的科学家，不同的考察队对源区的认识有不一致的看法。原因很简单，澜沧江源区虽然面积不算很大，但道路少，山区河流水文数据每天甚至每个小时都不一样，没有固定的水文站，也就没有权威的数据，每次考察测量的数字都是瞬时水量，瞬时水量与当天及前几天上游地区的降雨关系很大。再说地图，目前可利用的数字地图不过五万分之一，遥感数据精度有限，再精确的数字地图就需要现场航拍，因为一般的无人机无法飞到那里，4—5级支流都属于小溪之类的，有时甚至断流，所以，目前没有办法准确确定真正的源头位置就不足为奇了。目前比较一致的结论是扎阿曲为澜沧江正源，而扎那曲和扎阿曲各自的源头究竟在哪里，仍然有不同的看法。这说明澜沧江源区水系仍然存在值得探索的问题。”（陈进著：《三江源之旅》，上海科学技术文献出版社，2019年6月第1版）

清顺治九年（1652年）四月，五世达赖喇嘛阿旺罗桑嘉措（1617—1682）受清顺治皇帝之邀，从拉萨启程赴北京途中，一行3000多人翻越唐古拉山，渡过阿克达木河，途经杂多县，在现在扎西拉吾寺旁的琼果扎西切哇（意为“水源吉祥聚漩”）接受了上白利格吉部落首领格吉·噶玛耶杰兄妹的膜拜，并接受了70匹马、150头牦牛、9副盔甲及酥油等供奉物品，后又依照墨尔根噶居巴和色钦温波的请求写了煨桑文——吉祥漩等。1653年，五世达赖喇嘛返回拉萨途中，到杂多县做了停留，格吉部落首领格吉·噶玛耶杰的儿子安翁多杰拜见了五世达赖喇嘛，五世达赖喇嘛向格吉部落父子颁发了文书，承认其世系在格吉的

澜沧江源头扎西切哇　文德 摄

唐古拉山　杨少英 摄

澜沧江流域囊谦段远景　文德 摄

俯瞰澜沧江流域囊谦段　文德 摄

领地权。

我在1951年的《新中国分省图》、1957年的《青海省地图》和1965年的《中国分省地图》上看到了杂多的一些老地名，其中有格尔吉河、白利土司、玉于日本，等等。格尔吉就是现在所说的格吉部落。以一个部落的名称命名一个地区的多处地名，足以看出这个部落当时的巨大影响力。地图上,格尔吉河从萨呼腾（玉于日本）旁边流过，流入囊谦，我猜想，这条以部落名命名的河，就是澜沧江的支流扎曲吧!

五世达赖喇嘛一行当年在扎西切哇休息时，受到格吉部落及周边广大地区僧俗群众的热情欢迎，当他看到旁边湿地冒出的汩汩清泉水，便认定这里是扎曲河河神的居所，因而，那里一直受到当地群众的保护。直到今天，在许多当地群众的心目中，扎西切哇才是澜沧江的真正源头。

出于对澜沧江源头文化独特性的认知，以及对保护源头生态重要性的认识，我十分认同张帆先生在《澜沧江：守住传统还是接受科学》一文中的观点："我希望关于澜沧江源头的争议继续下去，或许这样才能让整个世界都继续

航拍澜沧江　葛建中 摄

关注到源头和源头的保护。事实上，只有一个澜沧江的源头是没有争议的，那就是当地藏族同胞世世代代记在心里的传统源头‘扎西切哇’，这个名字很好听，藏语中的含义更美丽，那就是‘吉祥绕聚的大江大河源头’。”（《中国国家地理》，2009年3月号）

现在比较认可的是，澜沧江有文化的和地理的两个源头，这既是对当地群众精神文化习俗的尊重，也遵循了自然科学的认定方式。

扑朔迷离的源头之争、奇异的自然景色、动人的民间传说，使澜沧江源头更加神奇，令人向往。

正是由于这里的自然地理地质条件极为高峻复杂，从古至今，人们的心目中将这条道路视为畏途。在1300多年前的唐朝，文成公主远嫁松赞干布所走过的唐蕃古道，就是经过杂多进入西藏的。现在的我们，很难想象那个时代在这条道路上行路会是怎样地艰难。就连跟随五世达赖喇嘛进京觐见顺治皇帝的随从都说，“行至藏北无人区后，自然环境的恶劣，旅途的艰辛，加上对汉地的情况不了解而产生的恐惧，使不少人萌发了畏难和悲观的情绪，‘外出的和在家的人彼此思念，大家满面愁容，更无言以对。尤其是仲尼仲巴和达尔罕襄素等几位软心肠的人，更是眼泪横流，以披单蒙头而坐’”（马林著：《五世

三江源玉树巴塘湿地　张有才 摄

达赖喇嘛传》，青海人民出版社，2006 年 1 月第 1 版），其中的艰辛由此可见。

玉树历史上是千年唐蕃古道的重要通道，是西上卫藏、东下康区、北达安多的通衢。结古（旧称“盖古多”“结空多”），藏语意为“集散地”。在很久以前，结古就是青海西宁、四川康定、西藏拉萨间重要的贸易集散地和交通孔道。据文献记载，历史上每年要从四川的雅州运送九万驮茶叶到结古，再从结古转运五万驮到拉萨，其余四万驮在青海蒙藏地区销售。1931 年在此设置玉树县，玉树藏族自治州和玉树市驻地原称“结古镇”，2010 年玉树大地震后，更被世人所熟知。2013 年 11 月 9 日青海省人民政府批复，同意撤销结古镇，如今设立为结古街道。

飞往玉树的飞机在晴日里平稳地飞行，这条航线我已经飞过很多次了。望着窗外，城市和乡村慢慢远去，扑入眼帘的是苍绿的大山、蜿蜒的河流、星星点点的湖泊、被道路连接的稀疏的村寨……

我们这班飞往三江源的飞机，飞越了李家峡水库、贵德县、贵南县、阿尼玛卿雪山西侧、通天河……有好几次飞越了蜿蜒曲折的黄河。窗外，云彩如一团团白色棉絮在飞机下方追逐着、嬉戏着、飘荡着，远处的河流、海子闪耀着太阳的返光，空中的景象如同琼楼玉宇般的仙境。

我想起了已经故去的母亲，她曾给我讲过 20 世纪 60 年代初，她从玉树搭乘军用飞机飞往西宁的经历，她说当时从飞机上看到的房子就像火柴盒一样大。我又想到了 2006 年我在三江源上空航拍的经历，那是一次令我终生难忘的飞行，那时，玉树还没有开通民航航线。我乘坐的军用飞机两天内起降了两次，从格尔木起飞，在气象条件复杂的三江源上空穿云破雾总共飞行了将近 12 个小时。在那个最好的季节，俯瞰三江源灿烂起伏的大地，一幅壮丽辉煌的长卷在我眼前徐徐展开——雪山、河流、湖泊、峡谷、草原、道路、村落、寺院……俯瞰舱外，高山峡谷之间，一条条河流缠绕着、回旋着，有时左拐右绕，有时散乱如麻，这是人间还是天堂？这种被震撼后的叹服不断刺激着我的大脑。众多景象扑面而来，昆仑山、可可西里、沱沱河、扎陵湖、鄂陵湖、黄河、阿尼玛卿雪山、通天河、结古镇、囊谦县城、澜沧江、杂多县城、治多县城……我长时间不断按相机快门的手都要僵硬发抖了。美景在眼前不断转换、移动、飘逝，云雾虚幻飘渺、迷离空灵、如梦似幻，从机身下无声地流过。我感觉自己好像坐在一条船上，流岚云丝下的人间世界似乎在透明的水下，而这艘船在大地与天空之间流动的水面航行。

往后的日子里，我会在电脑屏幕上浏览空中拍摄的照片，看着千回百转、在云层下如蟠龙般腾越翻转、河道错综交织的黄河、通天河、澜沧江，有时会对一张照片凝视很久，想象着在那些村寨里、道路上、山谷间曾发生过的故事，在那些今生永远不可能到达的地方，季节轮回、河流不息，所有生命如同草原上的牧草和鲜花，生长、开放，然后枯萎、凋零，但在新的一年又会重新焕发生机，循环这一生命的过程。

看着源头地区大江大河的壮丽景色，我不由想起了爱尔兰著名的大型踢踏舞剧《大河之舞》，它是那样地雄浑无羁，那样地一波三折、震撼人心，于是，我将一些河流的照片命名为《大河之舞》。有几张照片上的澜沧江，或交织、缠绕，或如从水墨画中流淌，阳光将河面镀上了一层金色，

扎陵湖　葛建中 摄

阿尼玛卿　才让当周 摄

玉树新貌　文德 摄

三江源　蔡征 摄

好似从云层流出，这条在高海拔的山峰间迂回、贯穿的大江河，仿佛从天而降。后来当一家杂志刊登这幅照片时，我起了这样一个名字——《云上的澜沧江》。

我有时在想，或许我的生命密码和人生经历，早已经与这片土地有着秘密的约定，注定了和这里有不解之缘。

勒巴沟一派寂静，触目所见的摩崖石刻引发了世人的赞叹，那些岩壁上、河水中、小路旁，刻着藏文文字和图案的嘛呢石承载着艺术的文化和信仰，潺潺的溪流清澈明亮，水中的嘛呢石显得圣洁超凡，似乎有一股神秘的气息在迎面吹拂。岩壁上的石刻图像据说是《礼佛图》《三世佛图》《转法轮图》，展现了公元 7 世纪中叶唐蕃联姻以及经历千年的藏传佛教文化。

杂多是唐蕃古道通往西藏的重要通道，从唐代开始，自赤岭（现称日月山）以西实行吐蕃驿制，负责传递政令公文、接送过往官员，经过杂多的驿站有藤桥驿、婆驿（今野云松多），这也是唐朝文成公主、金城公主远嫁吐蕃时所经过的路线，也是许多佛教僧侣、商贾马帮、朝圣拉萨的信徒往来停驻的驿站。清代通往西藏的邮驿之路亦途经杂

云上的澜沧江　葛建中 摄

多。在查旦乡政府往西约 10 公里处，一段古便道旁有一堆石块，据当地人介绍，这是当年人们为迎接文成公主留下来的，如今，那些在风中飘扬的经幡，传达着当地群众对文成公主的怀念之情。

民国学者周希武在《玉树调查记》中提到了澜沧江源头地区的一座寺院：杂曲河发源格吉西北境果瓦那〔拉〕沙拉山麓，有南北二源：南源曰杂那云，北源曰杂杂云，二水东流，至扎西拉贺寺之西相合，名杂朵拉松多。周希武所说的扎西拉贺寺就是现在的扎西拉吾寺，是杂多县最大、历史较为古老的寺院之一，位于格吉麦玛部落属地境内。据我父亲的同事和朋友、玉树州委原副书记、青海省公安厅原副厅长年治海先生主编的《青海藏传佛教寺院明鉴》记载，扎西拉吾意为“吉祥神女洞寺”，寺院位于扎青乡格赛村附近杂曲河北岸的那吾拉则山下。很久以前，四川德格僧人格则求吉江措来到今杂多县扎青乡境内传教，有一天他在永巴扎西达滩祭祀神鬼时，突然飞来一只鸟，噙走了供奉神鬼用的食子，鸟儿把食子放到了神女洞的洞顶，当格则求吉江措跟随到洞口时，忽然听到“我叫扎西，前

勒巴沟水嘛呢　葛建中 摄

文成公主庙　切嘎 摄

唐蕃古道　曹生渊 摄

面的水是从扎西切哇流出来的……”这样的话。于是，格则求吉江措遂以此地为寺址建成一座寺院，起名扎西拉吾寺。扎西拉吾寺海拔 4260 米，距县城 50 公里，寺内有近千册藏文经典及佛教史料书籍，大小佛像 160 尊，寺院珍藏的石刻、石雕佛像、禅院等不可移动实体都属于省级文物。

唐蕃古道在澜沧江源区所经之地设置了多处驿站，作为距澜沧江源头最近的一座寺院，历史上，将扎西拉吾寺设为唐蕃古道上重要的一站。因此，在风雪弥漫的时空里，围绕着扎西拉吾寺，在澜沧江源头，发生了许多值得记载并令人扼腕叹息的故事。

杂多县澜沧江源区是唐蕃古道的途经之地，在水系发育如树枝状的江源地区，澜沧江拥有近 400 条大小支流，古道在密如蛛网的河流、山谷间穿行，成为当时沟通长安、拉萨，以及印度、尼泊尔等东南亚诸国的重要国际通道。文成公主、金城公主入藏联姻，均从澜沧江源区走过。

历史上，许多人在江源区内由子曲上源野云松多（子介涌子）的驿站婆驿而来，沿着扎曲（大月河）西北行至扎西拉吾寺，再抵达阿拉松多（扎尕那松多），经过扎曲

扎西拉吾寺远景　切嘎 摄

扎西拉吾寺　切嘎 摄

北支流扎阿涌，沿着扎那曲而上，往西南行经莫云、齐荣，在源区内经过约 200 公里路过长江南源当曲，翻越唐古拉山的查午拉山口走向拉萨。

周希武说，扎曲：又东入囊谦境，倒泽云水自然来入之……水出囊谦西北境奢乃拉山麓，左右各受一水……又东，仍入囊谦境……又东，经苏尔莽境出界……（《玉树调查记》）从这段描述中可以看出，澜沧江在进入囊谦后，河道弯曲多变，接纳了许多小河的注入，然后流进了西藏昌都境内。事实也是如此，澜沧江从杂多进入囊谦县以后，形成了许多美丽的河湾，也滋润着这片被称为“玉树小江南”的土地。

驱车前往囊谦县，经过近 170 公里的跋涉，我们在中午时分到达了位于澜沧江上游孜曲河旁的囊谦县毛庄乡。毛庄乡海拔 3920 米，孜曲河的清清绿水在群山的簇拥下优美地画了一个口小底大的 U 形河湾，尕丁寺就位于这一湾碧水环绕的河湾中心的山顶上，寺院在青翠的群山怀抱中，被清澈的孜曲河环绕，幽静绝佳的风景、优美秀丽的环境，让这个地方成了摄影爱好者的打卡地，也是当地生

囊谦澜沧江水系　文德 摄

沱沱河　张纪元 摄

态环境优良的代表性区域。尕丁寺由巴绒噶举派弟子普从然丁于公元 1300 年创建，称为“尕丁囊索扎仓”。清顺治九年（1652 年）五世达赖阿旺罗桑嘉措从北京回藏，途经玉树，赐名“尕丁佛都定胜洲”。尕丁寺藏语称“孜苏莽尕丁图丁尼勒楞”，意为“孜苏莽德具善佛教定胜洲”。孜曲河是澜沧江的一级支流，源于杂多县境内，“孜曲”是藏语音译，意为“百花草河”，因流经一条长满了百花草的峡谷而得名。

登上孜曲河畔的山腰放眼望去，在树林和村庄交错的山谷中，蓝天白云下的景色如同一幅风景油画，青稞在山坡上生长，在河水的流淌中等待着成熟。清澈透亮的河水与当地政府以民间组织加合作社的形式与村民签订环保协议密不可分，由于村民的环保意识有了提高，水环境随之有了极大改善。毛庄乡干部永强介绍说：毛庄乡从 2015 年开始做水质监测，一年做 4 次，巡山工作也是每年 4 次，而且不定期开展清理垃圾的工作。在随后的探源活动中，实际上，不仅毛庄乡有这样的环保创新举措，在三江源国家公园内的杂多县也有一套具有杂多特点的环保模式。

孜曲河　张有才 摄

车队沿着扎曲前进时，半路上遇到暴雨，一会儿又变成了冰雹，道路崎岖难行。晚上 7 点多，我们澜沧江探源组一行顺利抵达了囊谦县。但大家没有想到的是，更险更难的路还在后面。

囊谦县历史悠久，秦汉以前，为羌人部落游牧之地。汉代至唐初，先后隶属多称国、苏毗国，唐代为吐蕃节制。在吐蕃的军事设置中，玉树（包括囊谦）被列为以贝嘉德十二部为主力的中勇部。据传，12 世纪初，曾任吐蕃政权内大相的吉普科洛桑布之子哲哇阿洛率部由今四川甘孜藏族自治州康定折多山一带进入玉树南部，建立部落，以其父之官衔作部落名称为“囊尼谦波”(藏语意为“内务大臣”)，简称“囊谦”,并任首领(世人称囊谦加宝,意为“囊谦王”)，开始了囊谦王世家族长达 600 多年、沿传 28 代的世袭统治。公元 1175 年，囊谦部落臣服南宋王朝，南宋朝廷遂任命哲哇阿洛为囊谦土官，颁发了管理领地的文书，并敕建根蚌寺，这标志着中央政府对青南地区施政的开始；元代,囊谦属总制院吐蕃等路宣慰使司都元帅府管辖;明朝时，囊谦王被朝廷敕封为“功德自在宣抚国师”。同时，明朝廷委派了专门管理渡口的官员，拉开了中央政府派员施政的序幕；公元 1639 年到 1642 年期间，蒙古和硕特部固始汗率众来到囊谦，固始汗和五世达赖赐囊谦王阿牛“毛旺仁青囊家”的称号，并对囊谦部落进行直接统治。雍正年间，清廷划玉树二十五族归西宁办事大臣衙门管辖，并委任千户、百户等官员。第 25 世囊谦土王吉尔才旺多杰被任为千户，管理玉树全境。辛亥革命后，囊谦地区由国民政府西宁办事长官管辖。1917 年 3 月，北洋政府准许马麒在玉树地区设置玉树理事，1929 年改为玉树县，囊谦归其领辖。

囊谦县地域辽阔，群山环绕，纬度偏南，加之气候变化受印度洋暖湿气流影响，植被茂盛，除充裕的大气降水外，还有丰沛的地表河流水，均属澜沧江水系。扎曲、孜曲、巴曲、热曲、吉曲五条大河由西北平行向东南贯穿全境，流经长度为 599 公里。

沿着孜曲河一路前行，又出发前往位于巴曲河岸的白扎林场。记得 2015 年，藏族作家、音乐人昂旺文章带着我和梅朵到过这里巴麦村上的尕尔寺，在苍茫葱郁的原始森林里，还看到了不怕人的岩羊和森林深处的猕猴，生态

俯瞰囊谦县城　刘山青 摄

阿尼玛卿冰川　才让当周 摄

环境之好让我们这些来自城市的人感到惊奇不已。由于僧人们和山上的动物和睦相处，从不惊扰或驱赶，这里生活着猕猴、石羊、獐子、黄羊、梅花鹿、麋鹿、狐狸、狼、雪豹等多种野生动物和雪鸡、马鸡、锦鸡、鹰、秃鹫、猫头鹰等近百种鸟类。林场南北宽 42 公里，东西长 49 公里，场部距县城 75 公里，总面积 111.46 万亩。林区内古木参天，森林茂密，野生动物随处可见，森林资源分布有以莎草科、高山蒿草、矮蒿草、禾本科草为主的高山草甸植被；以鲜卑木，金、银露梅，粉背杜鹃等组成的高山灌丛植被；以川西云杉、大果圆柏和桦树组成的山地寒温性森林植被。下午抵达林场后，在当地森林公安、护林员的带领下，我们进入山中林区，参与了一场特殊的巡护。在这个还没有通电的地方，他们的工作环境让人感叹。

第二天，我们迎来了一个温度适宜的早晨，启程赶赴杂多县。昨天虽然已经有队员有了高山反应，但面对未知的前方，大家还是充满了期待和向往。驱车向远方奔驰，沿途所见天地苍茫，牦牛群在草原上信步。盘山的公路曲折迂回，峡谷间的岩壁上不时出现雕刻的藏文文字和佛教

金露梅　张有才 摄

囊谦县城全景　文德 摄

图案，这里是佛教文化浸润的草原。我们经过了阿多乡，终于到达了我心心念念的江源之城杂多县。漫步在澜沧江源第一县的一些场所，时常能看到雪豹、虫草的雕塑和照片，我们知道，雪豹和虫草是这个县的标志性产物。

从萨呼腾驱车前往昂赛乡境内的昂赛大峡谷，穿过澜沧江第一隧道，经过坎坷难行的壁挂式山路，一边是悬崖，一边是峭壁，在经过危险的路段之后，巴艾涌丹霞地质景观突然呈现在我们面前。这里是扎曲流过的谷地，悠悠的河水边，各种花朵竞相绽放，让人流连其中，感受到草原深处的秀丽与柔美。大自然在这里呈现出了一幅隽永灵秀的神奇画卷，宛若人间仙境，恍若世外桃源。一路上，石墙、石峰、石柱、陡崖等地貌形态，千姿百态，不可名状，据说这是常年流水侵蚀以及风化等原因形成的，被地质专家认定为三江源区域发育最完整的白垩纪丹霞地质景观。十几年前，这里还是一块地理空白，由于雪豹这种旗舰型物种在昂赛大峡谷中的发现以及种群数量的增加，昂赛大峡谷吸引了野生动物保护机构的关注，甚至吸引了世界著名野生动物专家乔治·夏勒博士来这里，对雪豹进行考察和研究。这位国际野生生物保护学会（WCS）的首席科学家，在半个世纪的时间里，一直致力于野生动物的研究和保护工作。他在《第三极的馈赠》一书中说："雪豹已成为雪域高山的象征，成为一个国家自然遗产的瑰宝。"昂赛——这个以原生态样貌呈现在世人面前的峡谷，由于雪豹种群的存在，如今已被人们称为"大猫谷"。远观四面吉祥佛、天柱石、阳元石、金鸡咆哮等丹霞地貌，遥望雪山下的古塔，走在草原上，心灵变得安宁而纯净。夜晚是在藏族人的歌声中慢慢到来的，躺在帐篷里，听扎曲河水滔滔流淌，仿佛又回到了母亲的怀抱！在那个令人沉醉的夜晚，我久久无法入眠，伴着扎曲河的流水，我写了一首诗：

扎曲左岸，澜沧江源

日暮，雪豹的身影在歌声里出现

而那逝去的故事

仍在心中回响

是的，我的目光

孤傲淡定、冷静多疑

如那独居的雪山隐士
在这里长久停留
但羚羊已经上山
去远处寻觅安居之处
在这个狗吠的深沉之夜
巴艾涌的波涛已沉入梦乡

天亮了，打开手机，看到我们的微信群已经十分热闹了，一些早起的队员把他们拍的各种鸟和野花的视频、照片发在群里了。随行的李医生说，昨夜她帐篷周围是动物的脚步声，后来她叫来了车队司机，才知道是牦牛在帐篷旁闲逛呢！

三江源澜沧江源园区管委会生态环境和资源管理局局长尼尕，陪同走访、实地介绍情况，他说："为了更好地保护野生动物，我们建立了野生动物伤害补偿机制，通过和政府、民间组织合作，搞了一个监测试点，培训当地牧民，让他们真正成为当地生态环境的监测员。由于有越来越多的用户加入监测、巡山队伍，三江源地区的环境正在逐年

雪豹　南木桑 摄

粉背杜鹃　切嘎 摄

昂赛大峡谷　文德 摄

澜沧江扎曲河　曹生渊 摄

得到改善。跟随巡山队员的步伐，我真正领略到了澜沧江源头的壮丽河山，感受到了人与自然的和谐共生。

离开昂赛，经过五个多小时的长途跋涉，我们来到了扎曲和布当曲的交汇处。澜沧江源头地区，河流密布，水系发达，每4公里就有一条支流汇入扎曲，共有50条一级支流，流域面积1000平方公里以上的一级支流有扎阿曲、阿曲和布当曲。

布当曲发源于杂多县扎青乡，流域面积1930平方公里，源于源区最大的冰川——海拔5100米的色的日冰川。布当曲从源头流到和扎曲相汇的地方时，已经流淌了近100公里，海拔已经降到了4160米。两条河谷之间一派空旷，如同回到了远古时期，蓝色的天幕垂落，好似接近了绵延起伏的山峦，四野间只有清澈的河水的流淌声，让我感受到亘古的宁静。

从地理大发现的维多利亚时代以来，法国、英国、美国、日本、加拿大、沙皇俄国等国家的探险家、外交官、传教士就曾经来到这里探险考察。

20世纪初，曾长期居住在塔尔寺、两次到达玉树并成功潜入拉萨的法国女探险家、闻名世界的藏学家大卫·妮尔在初次目睹青藏高原和雪山的时候写道："这是多么令人永世难忘的景致啊！它使我流连忘返，宁愿永远置身于这种妩媚的景色之中。"在我看来，大卫·妮尔所看到的应该就是玉树的绝世风景。

英国女传教士安妮·泰勒（也被翻译为戴如意）也许是第一位到达澜沧江源头扎西拉吾寺的西方女性，她抛弃了在英格兰西部优裕的生活环境，来到中国南方从事传教工作，受到别人谈论中著名的藏传佛教寺院塔尔寺（位于今青海省西宁市湟中区鲁沙尔镇）和西藏生活的吸引，以坚定的信念来到甘肃，并努力学习藏语，期盼着有朝一日能够进入拉萨。1892 年 9 月 2 日，安妮 · 泰勒和她的义子兼仆人朋措从古老城墙环绕的甘肃洮州出发，经今青海省黄南藏族自治州泽库县、果洛藏族自治州，四川省石渠县向西藏前进。一个月后，他们到达了黄河岸边，由于水太大，他们沿着黄河往上走了 11 天之后才得以渡河。他们在一位女头人率领的蒙古人驻牧地休整了几天，随后继续赶路，11 月初，到达了一个房屋用石头建造的村子，雇用了新的藏族向导，休整了一个星期，又启程了。两天之后经过玉树附近，并加入了一支向拉萨沿途的许多寺庙提供茶包的汉族沙漠旅行队，他们与这支旅行队穿过了位于玉树和扎曲河流域之间的一片危险之地。泥泞的道路使前进的速度放缓，安妮·泰勒的一匹小个头白马被累死了，她本人也因为劳累和高海拔患上了心脏病。

11 月 26 日，安妮 · 泰勒和旅行队涉过澜沧江源头地区的众多河流，在风雪严寒中抵达了扎西拉吾寺。安妮·泰勒和朋措及三名西藏女僧人居住在寺院附近的一个窑洞里，藏族向导和旅行队的汉族茶叶商人住在帐篷里，十几天之后他们再次动身前往西藏。地面已经完全冻结了，夜晚更为寒冷，刚烧开的一杯茶不到半分钟就会结冰，他们彻底暴露在寒冬的大自然中，在露天度过了 20 个夜晚。但安妮 · 泰勒以非凡的毅力面对着这严酷的旅途生活。她在日记里写道："这是我首次在夜间以地为床以天为幕而睡，我睡得很香甜，但我很难保护自己的头部不被风吹……布丁被煮了两个小时，但中间部分尚未熟。这里的气候真是奇怪。" 到 1892 年底前，安妮 · 泰勒一行三人已经到了离拉萨不远的地方。1893 年 1 月 13 日，他们一行被西藏官兵发现并遭到逮捕，但没有采取任何惩罚措施，而是让他们必须返回中原地区，并允许他们经打箭炉（康定）地区离开西藏，以避开黄河上游沿岸土匪肆虐的危险地带。就这样，1893 年 1 月 18 日，安妮 · 泰勒和朋措被一对卫兵护送抵达长江源地区，随后，在这一年中最寒冷的冬季，安妮·泰勒和朋措在 2 月初又重返扎西拉吾寺，4 月时，他们经过

三江源黄河源湿地　张纪元 摄

盖古多（今玉树州玉树市）顺利到达能够望见绿色的地方。

而就在安妮·泰勒和他的义子朋措离开扎西拉吾寺后的第一年和第五年，由杜特雷依（Jules Leon Dutreuil de Rhins，中文名：吕推）率领的一支法国探险队以及加拿大女传教士芮哈特（Susie C.Rijnhart）和她的丈夫——荷兰传教士皮特勒斯·雷音哈特 (Petrus Rijnhart) 也分别来到这一地区，但等待他们的却是令人唏嘘的命运。

1894 年初春，一支探险队越过高峻的分界山岭，从西藏那曲进入玉树地区，行进在荒凉的黄河源头地区。探险家杜特雷依是这支探险队的领队，他出生于 1846 年，曾在军队中任海军军官，在海外从事地理调查及地图测绘工作，并出版了相关学术专著。

1890 年 2 月，杜特雷依受法国公共教育部委托，组建了探险队，目标是在西藏及其边缘地区组织一次地理和民族考察，绘制地图并进行地理学调查，同时指定语言学家格雷纳尔（Grenard）作为陪同。

探险队在极为严寒的天气里时常遭受着暴风雪的困扰，在高原的荒野中越过冰川河谷，在崎岖的山峰雪原间穿行。对于探险家杜特雷依来说，他当然知道他们已经进入了澜沧江—湄公河的源头地区，他自然不想放过这个难得的考察机会。杜特雷依探险队穿越萨尔温江（怒江，上游藏语叫那曲河，因江水深黑，中国古代的地理著作《禹贡》称为黑水河）和长江冰封的源头,并不顾当地人的劝阻，亲自去远处的澜沧江源地带进行勘察。3 月 11 日，探险队穿越陡峭寒冷的荒野，来到了位于扎曲河北岸的扎西拉吾寺。初春的澜沧江源头地区正是降雪的季节，第二天天降大雪，探险队只能再次驻留。翌日，正好赶上一个在寺院旁边举办的民间集市。在青藏高原的广大游牧地区，寺院旁边既像城镇，也是部落间物资交流的贸易集市。当地人身穿鲜艳的节日服装，商贩们在出售各种货物。当时，杜特雷依和格雷纳尔想采购一些食物却遭到了商人们的拒绝，有人悄悄告诉他们是僧人们命令不能给“白面人”(白种人）提供任何食物。几年后，由格雷纳尔整理编撰的杜特雷依探险队三卷本报告书《亚洲高原上的科学考察：1890—1895 年》在巴黎出版，格雷纳尔在其中写道：“寺庙和山周围散落着许多帐篷，高贵富有的人用白色或蓝色的帐篷，而穷人一般用毛牛皮帐篷。生活在高原上的人带来牦牛、绵羊、野马、熊、狼、狐狸和猞猁的皮，还有一些大黄、羊毛和羚羊角。城镇和山谷来的人则带来拉萨和结古产的羊毛制品、麝香、糌粑、盐、一些武器和铜花瓶。”

3月14日又接连下了四天雪，直到3月18日，探险队才启程。经过一个月的跋涉后，探险队到达了玉树的结古。他们费了一些周折后才买到了9头牦牛和不多的一点儿食物。他们在这里住了9天之后才离开，但不幸的是他们在连续不断的雨天里很快又迷路了。他们向北走到了一个被许多学者、专家记载为“唐布达”“通布达”或“土门达”的村庄，在那里，因为丢失了两匹马而与当地村民发生了激烈的冲突，杜特雷依被枪弹击伤腹部，殒命于通天河。

2020年7月28日，我在玉树州藏族古建筑协会尼玛会长的陪同下，专程到通天河流域考察。根据地名的读音和到通天河的距离，我认为玉树市（2013年7月撤销玉树县，设立玉树市）仲达乡塘达村就是一些材料中记载的叫“唐布达”“通布达”或“土门达”的那个村庄。我们询问了村子里的村民，对于发生在120多年前与法国探险队的激烈冲突，当地的村民似乎闻所未闻。

1896 年，英国探险家威里壁（Wellby）上尉率领他的探险队，在经过了可可西里地区和通天河流域后，到达青海湖北岸，他们翻越日月山，于 10 月 14 日中午从西大门进入丹噶尔城（今青海省湟源县）。进城前，一位经商的汉族长者告诉他们，丹噶尔居住着两位白人，其中一位是女性。威里壁在丹噶尔得到了荷兰传教士雷音哈特和他的妻子芮哈特的热情接待，并邀请他住到了他们的家里。

雷音哈特夫妇于 1895 年到达塔尔寺所在的鲁沙尔镇，塔尔寺的大住持一度担心他们的安全，曾邀请他们搬到寺院里居住。芮哈特是一名医学博士，她和她的丈夫在当地成立了一个小的医疗点，共同救治了许多伤员，赢得了当地群众的欢迎和信任。同时，他们也学会了当地的汉语和藏语。不久，雷音哈特夫妇把基地搬到了丹噶尔，因为每年有大批往返于内地和拉萨之间的驼队在这里停留，而对雷音哈特夫妇来说，拉萨才是他们最终的目的地。

雷音哈特夫妇按照中国人的风俗习惯在当地生活，清贫而无私，他们亲自配药为老百姓治病，除了学会了汉语和藏语之外，他们还学习了蒙古语，他们唯一的孩子查尔斯也在这里降生。在丹噶尔，雷音哈特夫妇和当地的官员、老百姓建立了友好的关系，当地人习惯上对外国人的戒备心理也消失了。

英国探险家威里壁对雷音哈特夫妇充满了好感，尽管雷音哈特夫妇诚恳挽留，但是为了原定的日程计划，威里壁在丹噶尔只停留了两三天。他要去参观塔尔寺，之后从这里出发，雷音哈特将陪同威里壁到达北京。

就在雷音哈特医生陪同威里壁行走在通往北京的路途上时，著名的瑞典探险家斯文·赫定（Sven Hedin）带领他的探险队也来到了丹噶尔。斯文·赫定听说丹噶尔有个基督教教会，便前去寻找，得到了芮哈特的热情接待，并帮助斯文·赫定一行人安排好了住所。28年后，斯文·赫定在他著名的《我的探险生涯》(也译为《亚洲腹地旅行记》)一书中这样写道："教士中的领头人荷兰人雷音哈特已经去了北京，他的妻子芮哈特博士是个博学和善且多才多艺的美国人（其实是加拿大人。她是在旧金山一个基督会的地方教会资助下，进入藏地的首位北美传教士)，她极为热情地招待了我，并帮我们一大帮子人都安排好住所。这位勇敢又能干的女士即将面对一个女人所遭受的最悲惨的境遇。1898 年，她同丈夫及幼子一起克服种种险阻前往拉萨，走到那曲时，被迫掉头返回。幼小的儿子死去了……之后雷音哈特夫妇在察楚河（Tsachu) 岸上休息，看见对面有几个西藏人的帐篷，雷音哈特先生就游过河去，他的妻子眼看着他消失在一块大岩石的后面，以为他跟以往一样不久便会回来,但是他再也没有回来。雷音哈特夫人等了整整一天。又过了一天一夜，丈夫仍然杳无音信。”

失去幼子和丈夫的芮哈特在危难困顿中来到结古，不久，经过重重危机、在孤独痛苦的长途跋涉后，终于到达了打箭炉（康定）的教会驻地。此时，她的双脚已经严重冻伤，身心交瘁不堪。

芮哈特博士孤身一人回到了加拿大的故乡。她将在青海地区与丈夫雷音哈特一起传教、行医，并于 1898 年 5 月共同前往西藏的经历写成了一本书 :《与帐篷和寺院中的西藏人在一起》(《With the Tibetan in the Tent ane Temple》)，于 1901 年在纽约、伦敦等地出版。民国学者

丹噶尔古城　赵金德 摄

澜沧江黑白源　文德 摄

王绥将此书翻译为中文,并于 1931 年以《与西藏人同居记》为名，由商务印书馆上海有限公司出版。

澜沧江源头地区曾被西方人描述为“人类足迹最难到达的地区”。我想，正是由于这些人们进入澜沧江源头地区的艰难经历，西方人才会这样描述这片神秘的源头地区。

## 五 源头秘境

杂多境内历史文化源远流长，藏传佛教异彩纷呈，格萨尔王的英雄传说、大食王国的历史遗迹遍布全县。雄奇的雪域风光，纯朴的民俗风情，远古的地貌结构，使这片沃土披上了一层神秘的色彩，成为了旅游者、探险家、考古学家的目的地。三江源国家级自然保护区自成立以来，就备受国际国内关注，被赋予了“天然生态大屏障”的美誉。

托吉温泉位于杂多县扎青乡境内，距县城 178 公里。藏语称“托吉龙仁涌”。据传，托吉温泉所在的区域是当年大食王国的遗址。格萨尔王统一了大食王国后，把大食王国的如意七宝分给了藏地的七大神山，而托吉温泉就是当年大食王国的如

托吉温泉　格莱尼玛 摄

意七宝之一，是大食王国的圣地。温泉被大食王国的喇日宗拉尕群神山和暂烈索尕神山簇拥着，就像是一颗熠熠生辉的明珠。托吉温泉有九个大的泉眼，关于这九个泉眼，当地群众当中还流传着这样一个凄婉的传说：相传很久以前，托吉温泉所在的地方水草丰美、牛羊肥壮、风景迷人，百姓生活得非常幸福。当地的一位头人有九个貌美如花的女儿，远近闻名，有一个魔头对头人的女儿垂涎已久，要占为己有。魔头想尽了各种法子，软硬兼施，但始终没有得逞。恼羞成怒的魔头就施法让这里的人们染上各种疾病，一时间，昔日祥和的草原顿时变成了人间地狱。头人的九个女儿看到部族的人们遭受苦难，心急如焚，但面对强大的魔头，无计可施，只能终日聚在一起以泪洗面。在伤心地哭了整整九天九夜后，九位美丽的姑娘就化成了九眼温泉，泉水流过的地方所有的疾病都消失了，草原恢复了往日的安宁。

杂多是玉树冬虫夏草的主产区，冬虫夏草是一种传统的名贵滋补中药材，学名是 Cordyceps sinensis，藏语称为“雅扎贡布”。自古以来与天然人参、鹿茸并列为三大滋补品，被称为“高原软黄金”。虫草是一种昆虫与真菌的结合体，虫是虫草蝙蝠蛾的幼虫，菌是虫草真菌。每当盛夏，雪山上冰雪消融，体小身纤的蝙蝠蛾便将虫卵留在花草上，卵变成小虫钻进潮湿疏松的土壤里，吸收植物根茎的营养，逐渐将身体养肥。这时，球形的子囊孢子遇到虫草蝙幅蛾幼虫，便钻进虫体内部，吸收其营养，萌发菌丝。受真菌感染的幼虫，逐渐蠕动到距地表 2—3 厘米的地方，头上尾下而死。这就是“冬虫”。幼虫虽死，体内的真菌却日渐生长，直至充满整个虫体。来年春末夏初，虫子的头部长出一根紫红色的小草，高 2—5 厘米，顶端有菠萝状的囊壳，这就是“夏草”。每年的五六月间,是冬虫夏草的采收季节，如果错过这个时节，冬虫夏草则会枯死，所以在虫草的采挖季节，当地的学校也会给学生放“虫草假”。我曾经在贵南县的草山上看见妇女和儿童们在挖虫草，我去试着挖了一下，结果一个小时内连一根都没看到，而在这个时间内，那些妇女和儿童们，每人至少挖到了三四根。

冬虫夏草主要生长在高海拔的森林草甸上，青海、西藏、四川、甘肃、云南等地均有分布，以青海的冬虫夏草产量最大、品质最优。而在青海各地出产的冬虫夏草中，属杂多县虫草为最优，特别是产自杂多苏鲁、阿多两地的虫草，因虫体色泽黄亮、丰满肥大、菌座短小，堪称虫草中的精品，享誉海内外，因而杂多就有了“中国冬虫夏草第一县”的美誉。冬虫夏草的采挖，给当地的人们带来了不错的经济收入，这就让当地的经济交往活动较为活跃，每到这个季节，外面的虫草商人纷纷来到这里，街道上车来车往，让这个江源县城一时间变得热闹起来了。

祭山赛马是杂多格仲牧区独有的传统赛马方式，全身被白色哈达包裹、只露出眼睛的男性青年骑手手捧贡品，率领一队骑着白马的健壮青年，随着马队向着即将祭祀的神山走去。到了山顶后骑手们将祭品抛向空中，祈祷山神护佑，赐予福德吉祥、风调雨顺，然后按顺时针方向转三圈并一起高喊“拉加罗”，意为“天神无比！天神无比！”以表达对山神的敬意。然后马队以山顶为起点，以山脚下的煨桑台为终点，开始一次极具高难度、高风险的马术比赛，大山地形陡峭、路况复杂，这对骑手无论从技能、胆识等方面都提出了严峻的挑战，是一项考验骑手勇气和骑术的马术比赛,在终点处,对于勇于参加并得到名次的骑手,由高僧郑重地献上洁白的哈达以示对骑士及骏马的最高奖励。这一独特的祭山赛马仪式，唯有在杂多地区一直传承至今，其中最有代表性的是结多乡的战尕村和扎青乡的地青村，只有在这里，才能看到藏地仅有的、极为壮观的祭山赛马仪式。

在澜沧江源头，出产一种藏红盐，杂多县莫云乡格云村的查日闹依盐山距县城 276 公里，海拔 4600 米。“查日闹依”藏语意为“黑色的盐山”。查日闹依盐山属古代岩盐矿床，盐山所产的盐为天然形成的结晶体，结晶体呈红褐色或淡红色，被人们叫作“藏红盐”。由于盐山表面的结晶体常年与空气接触，发生化学反应，因此，查日闹依盐山从远处望去整体呈黑色。

科学研究证明，藏红盐是一种弱碱性矿物质，含有 30 多种对身体有益的微量元素,因其自然储量少、开采难度大、食用价值高，极其珍贵。藏红盐是历代达赖、班禅及活佛、贵族日常生活和举行特殊法事活动时必用的珍品。自古以来，这里的人们就在盐山和附近的盐湖采盐，采到的盐巴主要运往西藏，人们在那里用盐巴换取青稞等生活物资。在交通不发达的时代，运盐的驮队往返一趟需要两个多月的时间，跋山涉水，异常辛苦。

产生于11世纪的藏族英雄史诗《格萨尔王传》在杂多地区广为流传，在杂多仲堆边拉盖的神授说唱故事《廓拉察宗》和《郭日盐宗》中，都讲到北方郭日王在开采盐财时的一段唱词："然后正在下行时，大种精华所聚矿，上有阿耶碱咸湖，中有达措苏莫湖，赞湖耀湖董湖等，这些都属上部矿，'嘎'有水晶之盐湖，'玛'有紫红之盐湖，'章'有棕黄之盐湖，'智'有干盐和湿盐，'穆'有山盐和原盐，'当'有湖泊水晶盐，'澳'有十八之大盐，'江'有5种草地盐，另外土碱硝盐类，需用小矿尽人意。"唱词里提到的智盐、穆盐、当盐和澳盐都在杂多格仲境内，特别是人尽皆知的澳域十八大盐矿，是郭日盐矿的主要产盐地。

同处于澜沧江流域的囊谦县白扎盐场，其制盐历史可追溯至隋唐时代，这里一直保持着古老的晒盐、制盐方式。盐场生产的盐享誉整个康巴地区，曾畅销西藏、四川、甘肃等地，如今依然深受康巴地区欢迎。据传说，盐水是莲

白扎盐场　张有才 摄

存方式和生命形态。“格吉萨松扎”已被列为青海省非物质文化遗产名录项目，这印证了江源藏族民间音乐的艺术价值和强大生命力。

出生于澜沧江源格仲杂多的巴贡森格，是藏族新生代全能歌手，在他的音乐专辑中，有一首《格吉萨松扎》，旋律深情悠扬、婉转动人，表现了对祖先的崇敬和对故乡自然的热爱：

碧波荡漾的布曲河
是布雄父老的母亲河
雄伟壮丽的然智山
是布雄男儿的战斗神
胜似仙境的布熊垄巴
是那生我养我的故乡

杂多和囊谦，不仅是澜沧江—湄公河的源头，也是文化的源头、信仰的源头以及众多历史的源头。

2020 年，青海省作家协会启动了“扎根沃土、笔耕高原”——青海作家2020年“深入生活、扎根人民”系列主题采访创作活动，组织作家赴玉树州采访。

7月17日至24日，青海作家赴玉树采访小分队前往玉树州各市县开展了为期一周的采访活动，我有幸参加。大家深入到玉树市、称多县、囊谦县、杂多县等地，对当地的文化传承、生态保护、民族团结进步等方面进行了专题采访。由此机缘，时隔一年，我又一次来到了杂多县。在杂多县期间，对杂多县澜沧江民生项目、牧民易地搬迁幸福家园、澜沧江生态保护区域等实地采访，感受到杂多人民“像保护眼睛一样”在保护澜沧江源头；感受到了澜沧江源头地区深厚的历史文化底蕴、神奇的高原自然景观、多元的藏族人文风俗传统。

在杂多县的广场和移民安置小区——幸福家园小区，时任玉树州委常委、杂多县委书记的才旦周接受了我们的采访。他说：这个小区是我县新能源煤改电实施的第一个试点项目。小区户均80平方米，有46栋楼，绿化也是与国家公园对接以后的进点实施项目，并且施工完毕。杂多县扶贫有八大产业，这个小区易地搬迁户711户，其中

571户是生态管护员，每个月有1800元工资；剩下的130户，小区成立的物业公司，解决了78户的工作问题。全县的物业共同成立了扶贫物业公司，实现小区内部就业。小区物业的保洁、保安、水电工大多是小区里的易地搬迁户。现在易地搬迁户整体来讲就业率达95%。每个易地搬迁户必须实现一位就业。还有就业需求的，加大就业培训力度，推向市场，产业园区、物流园区、虫草综合商业区都有曾经的贫困户就业。虫草就业这一块，2016年投资860万，2017年投资1.336亿。

移民安置小区，符合条件的直接入住。当时自愿者就有700多户，因为这边的公共服务很完善，学校、幼儿园就在旁边，里面有社区、卫生室、保安室，应该是杂多县最好的一个小区，供水、供暖、污水排放、绿化设施都很完善，有些是从帐篷里直接搬进来的，他们有的是从原来的土房子搬过来的。当然，愿意留在牧场上的，我们也有几个项目，比方说3000多套杂多县“10·17”地震灾后重建项目，每户有11万元的投资，还有7000多户的危房改造项目。这些重建、改造项目，我们采用新型的材料，不需要动土动沙子石头，外面用的是厚的铁皮，里面是石棉防火保温层，桑拿木装修，全部是钢化玻璃，防熊、防火、防雷，可以二次搬迁，是装备型房子。同时，生态环境也不会被破坏，因为很多地方都是峡谷、高山、湿地，每家每户不一定都能通路，我们把材料运进去，给他们提供安全可靠的住房。愿意搬到县城里面的，就进入这个小区。这样的小区有两个。

为什么我们县上集中了这么多牧民，第一，和生态保护有关；第二，和虫草的收入有关；第三，和国家公园政策有关；第四，和集中规模办学有关，县城有 4 所小学、3 所中学、10 所幼儿园，幼儿园学生有 4000 多人，中、小学有 13000 多个孩子，其中的三完小，是青海省规模较大的学校，有 3000 多个孩子，我们还要建一两所小学，否则学生容纳不下。我们的目的是孩子 100% 不能辍学。所以说，易地搬迁政策下来以后，第一是靠产业支撑；第二是靠就业支撑；第三，他们搬迁下来有些牛羊托付给亲戚朋友，或者组成合作经济、联合经营，加入合作社。

搬到县上这两个小区的 700 多户老百姓是从所有的 8

个乡来的。当初评估了他们区域的生产生活环境，他们都出于自愿，现在他们都很满意。

其实，这个幸福家园小区是玉树州第一个使用清洁能源的小区，因为毕竟是国家公园区域，在清洁能源使用方面还是要有引领性，而且连接了国家大电网，回路也已经建起来了，这样供电的安全性更高。居民们的饮用水也是由市级自来水公司提供。

现在的城市里有环保方面的规定，我们也启动了全域无垃圾示范县的活动。县城也一直在做垃圾分类及居民生活垃圾减量工作然后再生利用，三分之一利用，三分之一焚烧，三分之一无害化填埋。

才旦周书记带着我们来到了小区一户（户主叫柯沙伊吉）人家：这个门口的牌子是住户信息，这是他们原来的住房，是帐篷。搬迁的原因是生存条件恶劣、生态环境脆弱，家庭困难，无力建房。资金投入是住房建设 14 万，基础设施 6 万。帮扶措施是易地扶贫。居民家庭收入主要是生态管护员的公益类岗位，每家都有份。另外，基本医保参保补助，资产收益每人 6400 元，这些投资由集体管

杂多　张有才 摄

理。卫生健康保障方面，有乡镇卫生院的医生与住户进行签约，给每个人都建了档案，结核病、包虫病、乙肝和眼睛方面的疾病，都是由公益组织来帮助。尤其是住院分娩，以前妇女住院分娩率是百分之二三十，现在达到了 92%，所有牧区妇女分娩住院免费。现在住院，母子平安分娩率 100%，感染率也非常低。

这一次来到囊谦，又一次看到了“囊谦卓根玛”歌舞表演，只不过这次是在室内，农民歌舞队通过到各地演出可以增加一定的收入。

上一次还是在 2015 年最美的季节，我有幸欣赏了一场村民歌舞队表演的“卓根玛”，这是我第一次观看这种舞蹈与乐器伴着歌唱的歌舞表演，而且舞台的背景是在离囊谦县政府驻地香达镇不远处的澜沧江畔，草地就是舞台，五彩的服装在草原之上、蓝天之下舒展，琴声和歌声在澜沧江水中翻腾，我似乎感受到了江源儿女心中的欢乐和饱满的激情。

“卓根玛”藏语“古舞或旧舞”的意思，是一种集表演和娱乐为一体，具有浓厚地方特色的舞蹈。表演以“颂

囊谦卓根玛　葛建中 摄

歌”“颂神”“颂天”“颂地”“颂五谷丰登”“颂六畜兴旺”为内容，歌词对仗工整，简洁押韵。“囊谦卓根玛”起源于1119年北宋宋徽宗宣和年间，当时囊谦社会因唐末吐蕃政权的崩溃，成为宋代的囊谦小邦，处于半独立状态，由“囊谦加宝”一系统治囊谦及整个玉树地区，期间“囊谦卓根玛”开始在民间流传，之后盛行于清代中期乾隆年间。清代嘉庆年间，由囊谦尕尔寺第七世尕尔仁波切成林永嘉搜集整理。

“囊谦卓根玛”的原生态说唱内容是以康巴地区的藏语创作的，在民间也是以康巴地区的藏语传唱的。“囊谦卓根玛”来源于生活，来源于民间，是富有浓厚地方民间特色的文化艺术。表演中男女分列，围成一圈边歌边舞，歌舞的曲调典雅优美，舞姿古朴庄重。历史上，“囊谦卓根玛”的表演场合与时间相对较为固定，一般是在迎送活佛、官员、贵宾等固定的场所，以及在逢年过节等节庆时表演，配合舞蹈的乐器有牛角胡、笛子、鼓。如今，表演不受时空的严格限制，既可以在宗教仪式、传统佳节表演，也可以在不同的场合即兴表演。舞蹈表现有九姿八风，九姿是媚态、英态、丑态三种身技；猛烈、嬉笑、威胁三种口技；悲悯、

囊谦藏黑陶　葛建中 摄

愤怒、和善三种心技。八风为妩媚、凶猛、豪迈、恻隐、可厌、可笑、奇异、恐怖。康巴地区藏族文化内涵在其内容上有很深的体现，对人类学、民族学、民俗学研究有着特殊意义。如今，“囊谦卓根玛”已被列入国家级非物质文化遗产名录。

澜沧江流域的囊谦黑陶是玉树地区唯一在传承发展的制陶技艺，据说，黑陶制造工艺已有 4000 多年历史。囊谦黑陶渗透在藏族的文化和宗教生活中，至今仍保持着原始的手工制作工艺，制作工艺十分复杂，原材料选用当地纯净细腻的红黏土和黏土石，经手工捣碎成末，然后经筛选、拉坯、晾晒、修整、压光、绘纹等环节，再采用独特的“封罐熏烟渗碳”方法，经十余天烧制完成，成品具有“黑如碳、硬如瓷”的特点。

澜沧江源头是神奇的，也是神秘的，经过了历史的风雨，今天我们终于能够一睹她的芳容，感受她的魅力。在三江源国家公园已经正式成立的今天，将会有更多的人去发现、探秘澜沧江源头的地质地理、澜沧江源头的文化，也会传播到更广大的地区，澜沧江源头将会成为更多人的梦想和目的地。

# 尾声

在澜沧江源头，我像一只雪豹，在山谷、河畔来回逡巡、游荡，不论是在农村还是在寺院，我都感受到了当地藏族人的朴实和热情。在江源广阔的大地上，我深深地感悟到，生命来自于泥土，万物生灵孕育于河流，面对源头的圣水，我想到了我曾经专门探访过的中下游地区的昌都、迪庆、德宏、西双版纳，还有遥远的中南半岛。这条大江哺育了众多的民族，养育了众多生灵，浇灌出了多彩多姿的文化，如母亲一样令人心生温暖。